はじまりの詩《うた》

田中寛之
Hiroyuki Tanaka

文芸社

亡き父と二人の友へ

目次

はじまりの詩《うた》

誤解されることが多い人間ほど、そいつはより多く生きている。誤解されることを恐れるな。生きるのが大変なのは今に始まったことじゃない。だから、今日も明日も来年も何とか生き抜いていけるだろう。どんなに困難でも続けていかなければならないことがある。それは約束であり、義務だ。何もなくなってしまったとしても書き続けなきゃならない。約束だから。裏切りたくないから。みんな心のどこかの部分で僕に何かを書いてほしいんだ。誰にも理解されなくて、みんなにわかるものを。結局僕には最後には書くことしか残らないんだ。見過ごされている感情、打ち捨てられた人々、隠された真実、人間が持っている最も素晴らしいもの、それらをあぶり出したいんだ。現実でそれを見つけるのはすごく難しいことだけど、人間とは本来素晴らしいもののはずだ。何でこんな風になってしまったのだろう？　歴史は前になんて進んでいるのだろうか？

憂鬱からは逃げられない。苦しんで苦しんでも苦しみ続けなきゃならない。これが僕の背負った宿命だ。あと一歩だけ進もう。少し休んだら、あともう一歩だけ進もう。ダメならダメで仕方ないけど、あともう一歩だけ進んでから、決めよう。生きてるだけで、死なないだけで、僕にとってはすごくすごいことだ。君にまた逢えるだろうか？　逢えなくてもいいけど、逢えることを期待していいか？　僕は現実の中で生きていくにはあまりに細すぎるんだ。「夢」の中でしか生きていけないんだ。そうやって寿命をつないでいる。いつか君にわかってもらえるといいな。僕が言おうとしていたことを。いつか君にわかってもらえるといいな。僕が嘘をついていなかったって。もう欲張るのはやめよう。一で満足しよう。一とは書けることだ。欲張るから、苦しいんだ。欲や煩悩《ぼんのう》を捨て去って、書くことだけに精進しよう。神様が僕に与えて下さった唯一の能力だ。それだけを伸ばすような生き方をしよう。いつか届くだろうか？

ちっちゃい頃からずっと苦しかった。だから、泣くかわりに書くんだ。現実をそのまま見ていられないんだ。だから、書くことが僕にとってshelter（避難所）なんだ。サービスじゃない、本当の文章が本当のサービスになる。包み隠さない文章、自分の内側にあるものを、包み隠さない文章を書こう。

僕にはおそらく誰かと結婚するような資格はない。ただ書けるだけで幸せだ。残せるだけで幸せだ。地球のどこかに、誰かの心に少しでも刻めるのなら、それで十分だ。手に入れたものはどんどん消えていくけど、与えたものは少しは残るのかもしれない。だから、与えることだけ考えよう。みんないつかはどんどん持ち物を捨てなくてはならないのだ。僕はいつもギリギリだから、余計なものを持っている暇や余裕はないのだ。

最近、段々人間というものがわかってきた。そんなにいいものじゃないかもしれない。でも、そこには本当に素晴らしいものが確かにあるんだ。信じることはすごく難しいことだ。そして、僕は取るに足らないちっぽけな一人の男だ。何ができるだろう？　ただ何かを記すことだ。誰かの道標《みちしるべ》になるかもしれない何かを記すことだ。今でも僕のずっと先にはぼんやりとだけど、「夢の光」が輝いている。そこに行ったって何もないのかもしれない。でも、そこぐらいにしか「何か」が待っている気配はない。祈りにも似た気持ちがいつも僕の心臓の鼓動と呼応して、どこかに促《うなが》す。不幸に終わる人生が多いのは百も承知だけど、僕にはまだ「希望」や「夢」を持つ権利がある。だから、みじめでも情けなくても、嫌われても「夢」を追おうと思った。「文章なんて書いて何になる？」って視線や横やりをどんなに受けても、やめるつもりはない。書くことは僕の最後の砦《とりで》なのだ。もしこの砦を攻め落とされたら、僕は死ぬか、死んだように生きることを余儀なくされるだろう。死んだように生きてる人間を僕は今まで山ほど見てきたけど、死んだ方がずっと楽なようだ。だから、僕は「書く」という最後の砦を明け渡すつもりは毛頭ない。今また君にそれを誓うよ。愛してる。ありがとう。

2014 6・9

どこでもないところにいる誰でもないあなたに捧ぐ歌
Song of myself

あなたが誰なのか、もうすぐ30歳になるというのに僕には皆目見当がつかない。それと同じようにあなたがどこにいるのかもわからない。あなたが男なのか女なのか、インテリなのか労働者なのか、左利きなのか右利きなのか、人間なのか動物なのか、この星にいるのか宇宙の外にいるのか、何一つわからない。ただわかっているのは僕はいつもあなたのために、あなただけのためにわたしの歌を歌っているということ。

もし、僕が年を取って、身よりもなくなって、友達からも親戚からも見捨てられ、人目もはばからずゴミを漁るようになっても、すべての人を敵意の眼差しでしか見られなくなっても、微笑むことなんかもう何十年も忘れてしまったとしても、これだけは約束できる。僕はあなただけのためにわたしの歌を歌い続ける、と。だから、僕が十字路の真ん中でうつ伏せで横たわっているのを見かけたら、抱き上げて瞳を閉じさせて、唇にキスしてくれないか？　僕はその時まで誰にもキスしたくないんだ。捉えられたくないんだ。その時まで、わたしじしんの歌を歌えるようになるまで、何万回もわたしの歌を歌い続けるよ。だから、ずっとそこで変わらず僕を待っていてくれないか？

2014・5・17

僕の友達と僕の夢

僕の友達、今銀行員をしているかもしれないし、貿易会社に勤めているかもしれないし、看護師をしているかもしれない。でも、たぶん何をやっているかなんてほとんど関係ないんだと思う。無職だとしても、服役囚だとしても、精神病院の隔離室にいたとしても、みんな「生きる」という仕事と「社会を構成する」という仕事を一生懸命やっているんだと思う。

人間の価値や意味は収入や勲章なんかで測れるものでは到底ないから、僕は心の中で他者を裁いたり、比較したりするのをやめようと思った。そのかわりにただすべての他者を信じ、愛そうと思った。すべての他者の夢を心から応援しようと思った。そして、「一つになる」という人類永遠の夢を、とことん描き出そうと思った。

「一生夢を描き続ける」、これが僕の夢だ。

2014・5・26

夏風

君がつけた傷跡が肥やしになって、今の支えになっている。水際で作った山は潮が満ちてくると流されてしまうけど、僕達は作ることをやめなかった。今だって僕達は変わってないだろ⁉　それを知っているのは、おそらく君だけだ。文章を書く、仕事をするっていうことは後には何も残らないけど、計算なんかして何かをするなんて馬鹿げた大人ぶった行動はうっちゃっておけばいい。80年生きられるからって、一夏の思い出の価値が減ずるわけじゃない。僕にとって2014年の夏は間違いなく大切なものになる。それは背の高い黄色いパレオの店員さんのせいかもしれないし、初々しい23歳の店長さんのせいかもしれないし、僕が若くもあり、若くもない27歳という曖昧な年齢で迎えているからかもしれない。人間は一日一日と死に近づいていく。だから、僕は風に揺らぐ一つの葉や店員さんが見せる一つの笑顔、人々が織りなす触れ合いや調和、それらを刻みつけておこうと思った。僕が死んだら、後には何も残らないとしても……それでも。

僕はただ人生っていう自分のキャンバスに目一杯美しい絵を描きたいんだ！

２０１４・７・30

手をつないで

言葉には意味がある。人々には価値がある。当たり前なのにすぐ忘れてしまう。だから、今僕は書き留めているんだ。ずっと覚えておけるように。

瞬間瞬間はいつも一時的なものだから、その都度噛みしめなきゃいけないはずなのに、僕達は素通りさせている。「一期一会」なんて言葉ばかりがもてはやされて、目の前にいる人を大切にし忘れている。

一つの笑顔、一つの言葉が世界を輝かすことをもう一度改めて、書き留めておかないか？　心の原稿用紙に。

あなたの微笑みが僕を救った。だから、僕は今、こうしてここにいる。こうして言葉を紡ぎ出している。あなたと手をつなぎながら。

2014・12・12

あなたに到る道

逢えるかなぁ……誰かと。逢えるかなぁ……あなたと。ずっとはぐれていてもいいけど、いつかあの世では逢いたい。あなたは誰かに代われるのかな？　たぶんあなたはあなたでしか務まらないよ。どうして？　何かがそう言うんだ。でも、赤い糸はあると思う。あの世で結ばれるのかもしれないけど。たんぽぽの綿毛が飛んだ先に僕を待っている人がいる。人生はいつも予測不可能だし、すべてを委ねるといつも運が味方する。だから、ただ歩めばいい。その道が歩むべき道だ。

２０１４・12・14

空気が澄んでて、空が青かったから、君のことを思い出した

「幸せか?」って聞かれたら、「だろうね」って答えると思う。今の僕はそういう気持ち。人生の中休みみたいな状態。悪くないよね。全然悪くない。

自分がこれからどこに行くのかなんて全然わからないし、考えてもいない。ただそんな悪い人生にはならないんだろうなっていう幸福の予感だけする。

「夢」も「仕事」も前とは見方が変わったけど、冷めたわけじゃないし、現実に打ちのめされたわけでもない。ただ今の僕はフワフワ浮遊している感じ。万能感を失くしたわけじゃないし、スーパーマンになったわけでもない。

でも、ただ一つ言えることは、君のことはずっと想ってるし、「また逢えたらいいな」っていう想いはタトゥーみたいに心にも身体にも刻まれてる。

人生って不思議だよね。みんな長く生きてるのに人生のことなんて何一つわからないんだから。

２０１４・12・26

Hours

新たな地平に達した時、最初に感じるのはとまどい。光は縦横無尽に連なっているのにまぶしすぎてよく見えない。君の影が見える。あの頃と同じ影。手を伸ばそうとすると指の間をすり抜けてしまう。やまびこは返ってくるけど、君は戻ってこない。時間は前に戻せないのか、時間はどれほど経ったのか、何も答えない時が微笑みかける。「君に逢いたい」って何度言っただろう。

今、神は僕をどう見ているのだろうか。距離はどれくらいだろうか。僕はどれだけの道を歩いたのだろうか。エルサレムの鐘が聞こえる。風の歌が聞こえる。砂漠の一粒の砂ほどの価値しかない僕は太陽をじっと見つめている。宇宙や風は正直だから、いつか僕とあなたを結びつけるだろう。

2014・12・28

Hospitality

黒い目の犬がこっちを見つめている。

僕は泣き出しそうになる。僕のことは誰も知らない。この病院では誰も笑わない。みんな死んでいる。みんなイカれている。投げ出された義務。放棄された役割。涙と祈りの声が聞こえる。

ここはどこよりも神聖な場。教会よりも墓場よりも。

みんなどこかキリストに似ている。ナースやドクターよりもずっと患者の方が。泣き顔は笑顔よりも美しい。祈りはお金よりもずっと価値がある。

僕には「言葉」があった。だから、救われたけど、救われない人の方がずっと多かった。回復した今でも、隣りの病室からは叫び声が聞こえる。僕の言葉はすべて祈りだ。

彼女は救われただろうか？

鳥は青い空を何も考えず、今日も泳いでいる。僕は今度は救えるだろうか？

２０１４・12・29

画家

何を求めているかわからないし、どこに行こうとしているのか、わからないけど、歩を進めよう。「なぜ?」なんて聞かないで。そんなの誰にも答えられないんだから。俺の一番内側にあるものが描こうとしている世界はどんなものだろうか? 一生かかってキャンバスを埋めていけばいい。一度描いて、消すこともあるだろうし、一年かけて一筆も進まないこともあるだろう。でも、投げ出してしまわなければ、筆を折らなければ、一番最後にそれは俺の眼前で微笑むだろう。あの頃のあなたのように。

2015・1・26

神様

「大人」になんてなりたくない。もう薄汚いものからは逃げてしまおう。目を背けてしまおう。僕はずっと君と二人だけの世界にいたいんだ。君と僕は変わらない。みんなが薄汚くなっても、ズルくなっても、僕達は若くて清らかなまま。

「死にたい」って気持ちと引き換えに神様に祈る。僕はきっと選ばれた人間だから、人より多く苦しむんだ。

僕はまたいつか君と逢えるだろうか？　何も考えずに進もう。目を閉じて、耳を塞いで。神様の声だけに耳を傾けて、「夢」だけを描《えが》こう。そこではもう誰も何も言わない。誰も邪魔しない。いつか僕達は辿り着けるのだろうか？

２０１５・２・５

神と僕

「生きなさい」って神が言った。
「わかりました」って僕が答えた。
「やりなさい」って神が言った。
「わかりました」って僕が答えた。
「歩みなさい」って神が言った。
「わかりました」って僕が答えた。
「働きなさい」って神が言った。
「わかりました」って僕が答えた。
「互いに愛しあいなさい」って神が言った。

「わかりました」って僕が答えた。

僕は額を床にこすりつけて、神に祈った。「歩むべき道を歩ませてください」と。「世界を一つにしてください」と。

神は何も言わずに去ってしまった。僕はその後もずっと額を床にこすりつけて祈り続けた。

空は夕日で真っ赤に染まっていた。それは例えようもなく美しかった。僕はその時、まさに生きていた。僕にわかるのはそれぐらいだった。

２０１５・２・９

Reunion

もう一度生まれた時、今まで見ていたものが偽物だったんだと気づく。本当のことは何一つ見えてなかったんだと気づく。見ていたのは仮りそめの姿だったんだと気づく。

すべては神の創造物であり、誰も主の意志に逆らうことなどできやしない。僕もあなたも。すべてはなされるがままだ。だから、僕達は従順に仕えればいい。

神の声に耳を澄ませ、内側に目を向ければいい。そしたら、「恐れるものなど何一つないんだ」と気づくだろう。

夢に見るほど、僕は今の仕事やあなたが好きで、逃げ切れなくなるまで、避難所を探し続ける。

「君に逢いたい」僕の生きる動機はこれだけだ。だから、神の意志通り、僕はこの終わらない道を歩き続けるよ。雨に打たれたあの時のように。

2015・2・13

Maybe I am...

俺は人間ぎらいなのかもしれない。でも、もしそうだったら、辛い時にわざわざ誰かに会いにいくだろうか？

俺は嘘つきなのかもしれない。でも、もしそうだったら、何かを言った後にいつも罪悪感を感じるだろうか？

俺は楽観主義者なのかもしれない。でも、もしそうだったら、精神安定剤をカバンの中に入れて、持ち歩くだろうか？

俺は無神論者なのかもしれない。でも、もしそうだったら、自分が悪いと感じた時に泣いて謝れるだろうか？

俺はみんなを説得できるほど賢くないから、伝わる前に空中分解してしまう言葉を発し続けているんだ。
俺はたぶん繊細すぎるんだ……。

2015　2・14

All we need is Love

涙は次から次にあふれ出るけど、どんなにぬぐってもとめどなく流れる。

「なんで泣いてるの？」

なんて聞かないで。自分で自分のことがわかったことなんて一度もないんだから。

一日1回泣いたって僕の悲しみと喜びはぬぐえそうにない。一年で365回以上泣いてるけど、世界の悲しみはつのるばかり。だから、僕は書き留めているんだ。自分の涙を少しでも、誰かと共有できるように。

死んでしまったすべての人と今生きているすべての人へ、感謝と応援を書き留めているんだ。

だから、僕達は生きているんだ。何の理由もなく、だから、僕達は生きているんだ。

人間は星や草花よりも美しい。ビートルズを聴いた今ならわかる。人は人を思いやることができるし、僕達は素晴らしい世界を形作ることができる。僕達が必要なのは「愛」だけだ。今なら確信を持って言える。

２０１５・２・25

荒野のおおかみ

俺は荒野のおおかみだから、いつも孤独でひとりぼっち。友達は絶望とちょっぴりの希望だけ。

みんなは俺を蔑《さげす》んだ眼で見る。強い奴はどうしても群れることができないから、いつもひとりぼっち。ただ孤独と絶望を抱え、到るべきところに到ろうと今日ももがいている。

弱い奴は俺の眼と咆哮《ほうこう》におびえ、道を開ける。

人はみな孤独、人はみな孤独。

俺はそこに行けるのだろうか?

誰もわからぬこの道を、この世界を、俺はのたうちまわりながら、歩んでいる。

人はみな孤独、人はみな孤独。
あるのは絶望とちょっぴりの希望だけ。
俺はいつかそこに行けるのだろうか？

2015・2・27

白昼夢

あなたみたいに美しい人を僕はまだ見たことがない。あなたは美しい。あなたもそれを自分で知っていると思うけど。太陽に照らされたあなたを見るのは、生きている間の大切な一時《ひととき》のなぐさめ。あなたが年老いた日にも僕は若き日のあなたの白い肌や金色の産毛を思い出すだろう。どんな一日でも、昼と夜があり、どんな絶望の時でも、神やお日様は僕達をながめていて下さる。あなたに出逢えたことは神様から頂いた貴重な恩寵《おんちょう》。あなたはまだ知らない、自分自身の美しさを、その価値を。だから、僕が立っている、川べりにみじめな姿のままで。

２０１５・３・１

祈り

書きたいことをそのままに書こうと思っている。吐き出さないと破裂してしまいそうだから、破滅してしまいそうだから。

僕は28歳で、この前会社を辞めた。なぜ辞めたのか、と聞かれてもわからない。ただ辞めなきゃいけなかったし、書きたかった。会社で働く意味を失っていた。生きてる意味を書くことにしか見出せなかった。

紛争・不平等・貧困・自殺・不和・世の中にある数限りない不幸や問題に対して自分にできることは書くことだけだった。

だから、今こうして書いている。

生きていることに意味はあるのか？　年を取るごとにイエスと言いづらくなってい

る。なぜだろう？　現実がシビアだからだ。友達も自殺したし、親も孤独死した。アトピー、発達障害、統合失調症。「文学」は進歩してるのかわからない。失業。他にも苦労の種、不幸の種を探せばキリがない。でも、それはみんな同じことだ。僕が他の人と違うのは、ただただ生きているのが苦しいのだ。原因があるわけじゃない。ただただ世界に絶望しているのだ。すべてのことが無意味に思えるのだ。うつ病とか精神病とかそういう問題じゃない。ただただ虚しいのだ。ニヒリズムとかそういうことじゃない。僕は神を信じているし、他者を愛している。でも、自分が生きている意味が世界がある意味がどうしても見出せないのだ。生きていて、幸せだとか生まれてきてよかったとも思う。でも、今は何が何だかわからないのだ。伝わるだろうか？　共感できるだろうか？　無職だからでもない、友達や仲間もいっぱいいる。家族ともうまくいっている。再就職しようと思えばできるだろう。でも、そういうことじゃない。今がどうだからとかそういうことじゃない。病気だからとかそういうことでもない。欲求不満とか心理学とか医学で説明できるような問題じゃなく、ただ生きていることが虚しくて、悲しいのだ。世界に絶望しているのだ。生きている意味を見出せないのだ。欲しいものがあるわけでもない。ただ読んでほしい。感想を求めているわけでもない。ただ読んでほしい。すべての人がただ生きているように、僕の書いたものもただ存在して、読まれてほしい。僕の書いたものは僕自身だ。人間が最後に残るのはその人が為した仕事だけだ。僕の作品は、僕にとって子供だ、遺産だ、形見だ。自分は長く生きる自信がない。だから、一分一秒惜しんで認《したた》めている。

僕が生まれてきた意味は書くことだけだ。それ以外の仕事をできる気がしない。意味を感じるのは書いている時だけだ。前の会社で働きぶりも人柄も評価されていた。でも、僕は仕事に意味を感じなかった。今までの出逢いの中で誰かを嫌いになれたことは一度もない。大体の人を好きになれた。でも、誰かを尊敬できたことはない。いるとしたら、キリストや歴史上の人物だけだ。いや、キリストだけかもしれない。

自分のことは好きでもあるし、嫌いでもあるし、好きでもないし、嫌いでもない。

自分が生まれて、生きていることが世界にいい影響を与えているのか、悪い影響を与えているのか、わからない。ただ死ねないから、生きている。自殺はいけないことだとわかっているから、生きている。

僕はなんで生きているのだろう？

誰かが僕を呼んでいる。誰かはわからないけど、誰かが僕を待っている。たった一人でもあるし、大勢でもある。俺が生きている意味は俺にあるんじゃない。他者にある。僕なんかに一円の価値もない。出逢った人のために生きている。自分以外の人のために生きている。信じてくれる？　僕の純粋さを。今まで誰も信じてくれなかった。僕はただ苦しい。生きているのが。孤独だから、誰にもわかってもらえないから。今はただ死にたい。生きながら、死にたい。誰かそばにいてくれ。現実じゃなくていいから、誰かそばにいてくれ。もう疲れた。一人で頑張るのに。死にたい。僕の頑張りを見ていてくれるのは神だけ。僕は天国に行けるだろうか？　早く休らいたい。書いてる時だけ、生きることができる、休らうことができる。嘘と偽りだけの世界の中で真面目に生きるのは地獄よりも地獄の苦しみだ。真綿で締め上げ続けられるようなジワジワとした苦しみだ。仲間はいるけど、理解者は一人もいない。僕が何で苦しんでいるのか誰もわからない。死にたいような孤独だ。絶望だ。今はもう眠りたい。早く土に還りたい。神は今の僕を見てくれているのでしょうか？

2015・3・15

Poor Boy

君が誰なのか、僕にはわからないけど、僕はずっと待っている。君が僕を待っているようにね。

僕は吐き出したい言葉をまだ見つけ出せないけど、いつか言葉の方から僕を探し出してくれるのを待っている。

みんな、僕や神を素通りして、堕ちていくけど、誰も地獄への道だとは気づかない。

僕は、君は、どこに行こうとしているのか？　誰も答えない問いが木々の間を抜けて、空気の中にただよう。最初《はじめ》あったように、最期《さいご》あったように。

2015・3・24

Viva La Vida Ⅰ

僕がまだ子供の頃、世界は美しいように思えた。今はそう思えない。奴らは僕の頭を押さえつけて、神聖なものを取り出そうとしたけど、僕は持ちこたえた。僕には仲間がいた。偽物の仲間じゃない、本物の仲間が。

負けそうになる時は、誘惑が忍び込んでくる時は、心の中でこうつぶやくんだ。「Sin stay gone（罪よ、消え去れ）」と。

神は、神だけは知っている。僕がどれだけ、耐え忍んでいるかを、ベストを尽くしているかを。怖くても、今は一人じゃない。心の中にたくさんの仲間がいる。死んでしまった人もいるし、逢えなくなった人もいる。でも、僕達はいつも結ばれてる。固い絆で、見えない絆で。

だから、僕は高らかに宣言しよう。「生命は美しい！」と。「未来は輝いている！」と。

君には、僕の声が聞こえているのか？　あの時、言えなかった僕の言葉が聞こえているのか？

2015・3・29

生きる

生きれば生きるほど、生きるということがどういうことか、わからなくなる。

ずっと昔にあった悲しいことが脳裏をよぎり、心をぐらつかせる。

若者達は華麗に踊り、老賢者は静かに坐《すわ》る。僕は何も考えることなく、筆を動かす毎日。

生きるとは何か？　書くとは何か？　答えのない問いに少しずつ近づいている気がするのは錯覚ではないだろう。

ずっと先に再び出逢えるだろう。その時、二人は変わったようで変わらない、若き頃の二人でいられるだろう。

終わらない道を歩き続けられる喜びを噛みしめる毎日。今もきっと、この苦しみの日々もきっと、後になってみれば、それほど悪い日々ではないだろう。今はきっと青春の終焉《しゅうえん》期なのだ。

登っている時は辛い時期だ。僕は諦めてない。だから、苦しいのだ。でも、愚痴らず登ろう、この自分で定めし道を。

2015・3・29

桜

こんな晴れた日は街中《まちなか》を散歩しよう。

桜と春に囲まれて、みんな笑顔。花びらが舞い散る並木道にはカップルや制服を着た学生達。どこかみんな期待と希望に胸をふくらませている。

それとは別に、宇宙のどこかに僕を待っている人がいる。その人に届くように、僕は今日も詩《うた》を歌う。みんなとは違う道を一人で歩きながら。僕だけに見える世界を眺めながら。

桜はただハラハラと時間とともに舞い落ちる。僕の涙のように。誰かの涙のように。

（宇宙は広大で、世界は美しい……）

２０１５・４・２

Viva La Vida Ⅱ

あなたは美しい。今まで見た、どんなものよりも。本当だよ。口からでまかせじゃないよ。本当に思うんだ。

ずっと後になっても、あなたが見せてくれた光は忘れないし、その光が窮地の時でも、僕の弱った魂を温めてくれるだろう。

世界が閉塞感に満ちているからっていっても、僕は明るい詩《うた》を歌うし、暗いニュースを聞いたからっていっても、仕事の手を休めはしない。未来は輝いていると思うし、流されてきた涙は無駄にならないと思う。

「世界は美しい！　人間は素晴らしい！」

「世界は美しい！　人間は素晴らしい！」

しつこいぐらいに僕は叫ぶんだ。負けそうになる心に打ち克つために。残酷な世界を輝かせるために。

2015・4・6

Lovers in Japan

恋人達は愛しあえばいい、一つになるまで。

ランナーは走り続ければいい、どこかに辿り着くまで。

兵士は戦い続ければいい、己に打ち克つまで。

何も終わりはしない。今日が終われば明日が来て、明日もいつのまにか、昨日になる。

人間の営為はいつまでも続き、変わらないものは何もない。それでも変わらない何かがある。それを人は「愛」と呼ぶ。

「愛」こそすべてだ。「愛」だけが世界を形作っている。

「愛」こそすべてだ。「愛」がいつか太陽のように世界を照らすだろう。朝日のようにまばゆく照らし、世界を一つにするだろう。

２０１５・４・６

小さな街の大きなカフェ

このカフェはただのハワイアンカフェじゃない。提供しているのはコーヒーやパンケーキじゃなくて、「愛」と「夢」だ。

元気が出ない時は笑顔と思いやりをくれるし、美しいものが見たい時は鮮やかな色とりどりのパレオと、盛りつけのきれいなアサイーボウル。

たくさんのスターがいた。京都弁の二代目店長やいつも元気で多忙なマネージャー、さわやかイケメン、背の高い黄色いパレオの美女、心理学部の超絶美女、ハスキーボイスのシンガーソングライター、陽気なフラダンサー、保母さん志望のオカッパ、パーマのコック、小柄だけどパワフルな三代目店長。それ以外にもここには書ききれないぐらい、たくさんのスターがいた。

人生って甘くないから、それぞれの道で大変だと思うけど、みんな腐らずに頑張ってると思う。みんながクロウタドリの旅から戻ってきた時、俺は変わらずにここにいるよ！

ハワイアンカフェに栄光あれ！

２０１５・４・８

Day Care

今までそれなりにいろんな学校に行ったけど、人生で一番多くを学んだのは間違いなくデイケアだと思う。因数分解のやり方や歴史の年号も知ってて損はないのかもしれないけど、デイケアは生きることそのものを教えてくれた気がする。プログラムのトリムバレーや病気の勉強も意味があったけど、なによりもかけがえのない仲間に出逢えた。

みんな地位も名誉もお金もパートナーも持ってないけど、ここぞって時に助けてくれるあったかい「こころ」を持っている。人生ってそれだけあればなんとかなると思う。

俺は人と違って、生まれてきてよかったと思ってるし、デイケアに通ってよかったと思ってる。
デイケアメンバーに幸あれ！

2015　4・8

Roses for the dead

誰もうまくなんて生きられないし、自分がどれだけ嘘をついたか、数えることなど誰にもできやしない。

俺が今いい気持ちでいられるのは、俺のせいじゃないいし、俺が今裏切られた気持ちでいるのも、俺のせいじゃない。だから、余計なものは捨てて、転んでひざをすりむこうよ。

お前が言わなかったことは聞かなかったし、本当にすまなかったと思っている。何もできなかったことに対して。

だから、お前に似た赤いバラを手向けておくよ。お前はいつも俺達の中にいるし、お前が死んだからって、お前が見せてくれたいろんなものが消えるわけじゃない。

永遠に愛す。

2015 4・9

Chello song

美しく澄んだ奇妙な顔。

僕はあなたを食べてしまいたい。

本当に食べられるのは僕の方だとしても。

感情を守る兵士はすぐに戦いに飛んでいってしまう。

無防備な心は傷つけられるたびに澄み渡っていく。

あなたと並んで歩いた思い出があれば、この残酷な世界にも何とか立ち向かうことができる。

あなたが今どこで何をしているか、知る由《よし》もないけど、あなたが変わっていないことはどうしてだかわかる。

あの時見せてくれた景色は今も晴れ渡ったままで、僕は今も変わらず、あなたを愛している。

2015・4・10

若い画家への手紙

才能なんてあると思えばあるものだし、ないと思えばないものだから、もっと自信を持てよ！　お前の絵はいい絵だよ。もっと自覚しろよ！　考えてみろ。みんなが応援してるのはみんな、お前に「何か」を感じているからだよ。もういい歳なんだから、弱音ばっか吐くな！　生きていて、辛くない奴なんてたぶんいないよ。お前はいつか本物になれるよ！　俺を信じろ！　俺が嘘ついたこと、過去にあったか⁉　やることはお互いわかってるんだから、あとはそれを愚痴らずやろうぜ！　つまり、続けることを続けるってこと。

2015・4・10

虹

誰も悪くないのに、世界は混乱と無秩序と暴力に満ちている。誰も悪くないのに。だから、誰も責めることなどできない。だから、明るい歌を歌いましょう。

いろんなことを今は忘れて、ただ空の青さを眺めましょう。自分のことを責めるのはやめて、風の冷たさを感じましょう。

生きとし生けるもの、すべてが美しく、大地は果てしなく、自分と他者の区別なんてくだらないもの。

どんなに頭のいい人でも何も解き明かせないのだから、ただ心の花を愛《め》でましょう。

みんな友達、みんな姉弟《きょうだい》、みんな家族。
だから、手をつないで踊りましょう。
そしたらきっと、世界中の涙が虹に変わるから。

2015・4・10

The fool on the hill

いつも言う言葉はとんちんかんだけど、なぜか無視できない。

みんなはあなたのことを馬鹿にするけど、目の敵にするけど、僕にはあなたが只者じゃないって最初からわかっていた。

小刻みに震える手はいつも何かのリズムを刻んでいる。メトロノームみたいに。

人から軽蔑されるのは天才の証だから、これからも友達でいよう。The fool on the hill。あなたの頭の中はいつもどうなっているの？　グルグルしているの？

丘の上ではあなたの家族があなたを待っている。微笑みながら。

2015・4・14

親父

あなたのことを思い出すと、どうしていいかわからなくなる。あなたのことは好きだった。でも、あなたのことはよくわからなかった。最後まで。なんで一人で死ぬことを選んだのか。病院が嫌だったのか。僕達のためなのか。でも、はじめに発見したのが僕だったのは偶然じゃないと思う。床に倒れて、微笑んでいるあなたはキリストみたいに美しかった。腐りかけていたとしても。僕はあなたが父親でよかったと思っているし、あなたが父親であることが誇らしくもあるんだ。あなたは社会不適合者だったかもしれないけど、人生を謳歌していたと思う。「悲しむより笑う方が人生は楽しい」と身をもって教えてくれた気がする。パワーのある人だった。合掌。

２０１５・４・15

これからは「愛」のある詩《うた》を歌おうって思ったんだ

「世界はなんて素晴らしいんだろう！」って思える時があるものだけど、今がそれだ。「なんでそういう気持ちになっているの？」って聞かれたら、「未来が輝いているって確信が持てたから」って答える。僕個人だけじゃなくて、世界全体の未来がきっと輝いている。今の宗教戦争もいつか解決を見るだろうし、環境問題も少しずつ改善されていくと思う。人類は偉大だから、大丈夫だ。子供達の笑顔を見ていればわかる。今大切なことはみんなが明るい未来を信じることだと思う。一人一人ができることを少しずつでもやっていけば、世界は少しずつあるべき姿に近づいていくと思う。みんなで、一つの地球になることができると思う。差別も不平等も戦争も貧困もいつか忘れ去られたものになると思う。だから、僕は今日も流れ星に、神に、祈るんだ。みんなが幸せになりますようにって。みんなが歩むべき道を歩めますようにって。

2015・4・17

太陽が射し込むカフェ

この店って他の店と同じようでどこか違う。それを言葉で表すのはすごく難しいけど、あえて言葉にすれば「温かい」。それもほんのりと。お茶に茶柱が立っている時に感じるような、ほんのりとした幸せな気持ちを味わわせてくれる。

何気なくブラインドを閉めてくれたり、何気なくドアを開けてくれたり、何気なくスイートポテトサラダをサービスしてくれたり。何気ない優しさがこの店のキーワード。マニュアルなんてないから、サービスがいやらしくない。僕も何気ない人間になりたい。いるとその場が和むような。その人にじわじわと沁み込むような文章を書けるようにいつかなりたい。そういう人になるには何気なくない努力が必要なんだろうけど。

今日も何気ない一日がこのカフェとともに過ぎていく。明日はどんな一日になるだろう?

2015・4・18

銀行に勤めている美女に捧げる詩《うた》

背の高い君は俺の作品なんて全然理解してくれなかったけど、それでいいんだ。いつかわかってくれればいいよ。ずっと先になったら、少しは君もなんで芸術ってものが世の中にあるのか、わかるようになるから。俺みたいな人間だって世の中に必要なんだぜ。君みたいにみんな真面目だったら、息がつまっちゃうじゃないか。本当は俺だって、俺なりに真面目にやっているんだ。今は誰もわかってくれないけど、ずっと後になったら、俺が誰よりも真剣に働いていたって言うようになるさ。

また逢おうよ、太陽の射し込むカフェで待ってる。

２０１５・４・22

天使の声

みんな気づかずに向こう側に行ってしまう。天使の声が聞こえなくなってしまう。

僕は今、向こう側とこっち側の間にいる。28歳ってきっとそういう年齢だ。

今は人生の分かれ道だ。でも、僕はこれからもこっち側でいよう。頭で考えると向こう側が得だけど、心では「こっち側」ってささやいているから。

僕にはまだ天使の声が聞こえている。みんなにはまだ天使の声、聞こえてる?

2015・5・21

太陽

向こう側に手を伸ばそうとすると跳ね返される。跳ね返され続けて諦めてしまった人もいる。彼らは涙も枯れてしまった。

僕がしなければならないことは涙をぬぐってあげること。瞳を閉じさせること。この世の中から悲しみはぬぐえそうにない。だから、自分のできることを精一杯やろう。今日笑えなくたって、10年後には笑えているはず。

みんなが幸せになんてなれないのかもしれないから、せめて弱っている人の側《がわ》でいよう。涙で書いた字は温かいし、いつか僕らを隔てている壁も追放できるはず。

人生の意味はまだ見出せないけど、こうやって我慢して歩んでいれば、いつか自分自身になる方法は学べるはず。

ありがとう、神様。

2015・5・28

音色

彼女のピアノの音色は優しい。プロみたいにミスしないわけじゃないけど、ただ優しい。心を温めてくれる。傷ついた心をなでてくれる。とにかくこの世は僕にとっては生きづらい。でも、くさった世の中の中にも素晴らしいものがたまにある。人の心をいやすのは薬なんかじゃない。心の温かさだ。また辛くなったら、弾いてもらおう。エリック・サティを、彼女のピアノで。

2015・6・2

鏡

人間は正直だ。すべてのことは正直だ。最後は本当のものしか残らないのだから、偽りを語るのはよそう。ごまかしで飾るのはよそう。全部は最後になったら、明らかになるのだから。

僕には見える、本当の姿が。いくらオシャレやメイクをしたってごまかし切れるもんじゃない。どうしたって最後には一番内側にあるものが、見えてきてしまう。磨くんだったら、一番内側から磨こう。

自分に正直でいよう。自分の一番内側を鏡で見つめよう。人生の一番最後に、恥ずかしくない自分でいよう。

2015・6・4

Something

いろんな人達を見てきたけど、年を取るごとにみんな失われてしまう。そして、みんな失ったことに気づかずにいる。だから、恐ろしいのだ。

それでも僕は今でも保っていると思う。人生にとって大切な「何か」を。純粋さとか夢とか当たり前のことを当たり前に感じられる感覚とでも言い換えられるような「何か」を。

それを失ったら、人生は灰色のものになってしまう。一度失ったら、それを取り戻すのはほとんど不可能だろう。

だから、大事にしよう。今抱えている大切な「何か」を。

2015・6・5

若きカフェ店長への手紙

自分が全然前に進んでいないと感じていても、むしろ後ろに退《さ》がっていると感じていても、本当は前に進んでいるはず。ずっと後になればそれがわかるはず。今は前に進んでいるか、進んでいないかなんて考えないで、ただ足を動かして、手を動かして。いつの日にか彼が待っているところに行けるはず。

空はいつだって僕らを包み、地球は太陽の周りを回っている。僕らの気持ちなんてお構いなしに。

あなたの笑顔が空に虹を架け、怒りの拳《こぶし》を握手に変える。ゴミを森林に変え、戦争を平和にする。だから、これからもいつまでも若くて、笑顔でいてね。小柄で、パワフルなカフェ店長さん。

心を武器にすると、天国にいるように痛むけど、それだけが世に勝つ唯一の方法なんだ。だから、これからも負けないでね。

２０１５　６・８

Every teardrop is a waterfall

人は時とともに失われてしまうものかもしれないけど、全部を失った奴なんていないんだ。失われた心もいつかまた輝き出すはず。心の中の大聖堂の鐘がまた鳴り響くはず。何も持たず行進しよう。楽園まで。一切の罪悪を捨てて。

子供達がダンスしている。心臓の鼓動に合わせて。子供達は何かを教えてくれている。何を学ばなければならないかはわからないけど、なぜだか涙が滝のように流れるんだ。

いつかすべてのものは亡《ほろ》びてしまうのかもしれないけど、何かがなくなったら、また何かが生まれるはず。だから、今はただ子供達のダンスを眺めればいい。涙が滝のように流れるんだ。生命が、世界があまりにも美しいから。

2015 6・8

初恋

傷ついてるからって打ちのめされてるわけじゃない。失くしたからって忘れてしまったわけじゃない。

ただ季節は巡る。僕らの気持ちなんてお構いなしに。

幸福と不幸の季節は順番に巡ってくるのだから、ゴタゴタ言わずに受け入れよう。

その時色の光を。

君が見せてくれた景色や光は瞳に焼きついたままで、君のにおいは鼻腔の奥にまだうっすらと息づいてる。

時は流れ、後には何も残さないかもしれないけど、僕達が同時代に生きて、一瞬でも時を重ねたってことはきっとすごく意味があることだったんだ。

新たな出逢いがあり、いつか君への想いも薄れていくかもしれないけど、僕は君のことを忘れない。僕の大切な初恋の人だから。

ありがとう、ずっと愛してる。

2015 6・12

ひとり

いろんな人がめまぐるしく駆け回る街で僕はひとりぼっち。だけど、寂しいわけじゃない。ひとりってのは孤独であると同時に、すごく幸福なんだ。すべてを自分の思い通りにできるから。

本当の友達はもうひとりの自分自身。人見知りだけど、いい奴なんだ。そして、何かを持っている。世界を幸福に導くための鍵を。

ひとりで音楽を聴きながら、風を感じて歩く街並みはいつでも心地良い。僕はいつでもひとりでもひとりじゃない。もうひとりの僕が手をつないで僕を導いてくれる。季節や木々と呼応しながら。光や音と共鳴しながら。

2015・6・13

Paradise

「お前は真面目すぎる」ってよく言われた。

「お前は優しすぎる」ってよく言われた。それでも、変わらずに28歳まで来られたと思う。

空気は冷たい。空気は冷たい。

だから、言葉で温めるんだ。真面目で、優しいといつも心は天国にいるように痛むけど、得られるものもある。友情と絆だ。それも偽物じゃない、友情と絆。

いつか死んでしまった人達が遊ぶパラダイスに行こう。すべての仕事と使命を果たしたら。それまではずっと真面目で優しくあろう。ひたむきに仕事に取り組み、みんなが待っているパラダイスに行こう。

出逢ったすべての人が待っているパラダイスへ行こう。

2015・6・14

何かが僕を前に走らせる。理由なんてない。じっとしてなんかいられない。

いろいろな問題はあるけど、やるべきことは単純だ。自分の道をひたむきに歩むということ。

外から聞こえてくる音や声はシャットアウトして、内奥からの声だけに耳を澄ませばいい。

光にも似た鼓動が一番内側で脈打ち、繰り返し寄せてくる波は僕らをどこかへ連れていく。

僕はそこに行ける。僕らはそこに行ける。最後の最後まで諦めなければ。

聞こえてくるもの、見えているもの、この世にあるあらゆるもの。すべてが何かを教えてくれている。

そこに行こう。誰かが僕を待っているから。あの日の声が聞こえてくるから。

２０１５・６・16

ゴッホ

俺の描いた世界なんて誰も見向きもしない。みんな冷たい視線で素通り。

俺は語りたいことがあるのに、うまく言葉を見つけ出せない。

不毛に終わるかもしれない努力を続け、一瞬の輝きが訪れるのを待つ。

この努力の行き先はどこだ？　誰か、俺が苦悩に頭を抱えている肖像画を描いてくれないか？

行き先がわからない。だから、神にすがる。長いこと神を待っているのに、神はやってこない。

またノートに向かい、心に浮かぶ輪郭を言葉で書き綴る。お前には見えるか？　俺の痛みが。お前には聞こえるか？　俺の希望が。

2015・6・18

生きるということ

手を出して。怖がらずに、手を出して。幸福な世界に導いてあげるから。

僕ができることは何もない。ただ君のあるがままをそのままに認めてあげるだけ。

でも、それだけできっと君は幸せになれるはず。

この世で行われていることはすべてその場限りのゲームみたいなもの。意味のあることというのはただ生きるということだけ。

生きることだけが生きることの唯一の目的だから、逆らわずにそれに従って。ただ君は生きればいいんだ。鳥が空を渡るように、風が木々を揺らすように、君はただ生きればいいんだ。あるがままに。あるがままの君はあるがままに美しい。生まれた時と何も変わらず。

2015・6・19

星月夜

何にもうまくいかない時でも、お日様は背中を押してくれる。すべてを投げ出したくなる時でも、お父さんのギターは優しく鳴っている。いいんだ、ちゃんとやろうとしなくても。いいんだ、ダメなままでも。すべてのものに明日は来て、風はすべてのものを優しくなでてくれる。星を眺めていると、すべてのことがどうでもよくなる。みんなが思っているより、世界はちゃんとしていなくて、きっといいんだ。ただあるがままにみんながいればいい。星が元あった場所に戻るように。

2015・6・29

障害

僕は生まれつき自閉症スペクトラム。そして、20歳の時に統合失調症になった。正直言って、生きづらい。でも、その分助けてくれる人がいっぱいいる。

ネガティブなことばかり考えてしまったり、頑張りすぎてしまったり、時々おかしくなってしまったりする。

でも、これも僕の人生に課された試練。だから、前向きに人生に取り組んでいる。

でも、やりきれない時もある。枕を濡らす時もある。でも、僕は信じている。僕の言葉が世界を変える日が来るのを。きっと夢は叶う。

2015・6・30

詩人

自分はうらぶれた放浪詩人。大した詩が書けるわけじゃない。まともな仕事もできない。ただ日々さすらっている。

頭に浮かぶ言葉を転がして、詩を組み立てる。昔好きだった人や思い出、日々感じることを書き留める。

誰かが認めてくれるわけじゃない。でも、それでいいんだ。僕には僕の詩の価値がわかっているから。

詩は僕から世界へのラブレター。世界は僕に決して返事をよこさないけど、僕は世界に手紙を送り続ける。いつかきっと返事が来ると信じて。

2015・7・1

Pink moon

僕達は聖者だから、うまく生きられない。その運命もずっと前に決まったこと。普通の人には何を話しても通じない。僕らは僕らだけの言葉で話してる。だから、もがくのはもうやめよう。

僕らの運命はずっと前に決まったこと。人は生まれた時にそれぞれの運命を授けられる。俗な人間はいろいろなことを吹き込んでごまかそうとするけど、運命は変わらない。だから、ただ僕達はそれを受け入れればいいんだ。

ピンク色の月が空に浮かんでいる。すべての生命の運命を祝福するように。

２０１５・７・１

僕は散々いろんな勉強をして、結局何もわからなくなってしまった。

でも、たぶんそれでいいんだ

あらゆるものが僕を通り過ぎていくけど、きっとそれでいいんだ。

いろいろなことがあると、結局すべての人間が愛おしい。人間に優劣なんて、差なんてないんだ。

いつになったら、戦争は終わるのだろう?

いつになったら、悲しいニュースを聴かなくて済むようになるのだろう?

悲しくなったら、空を見上げるようにしている。辛くなったら、子供を見るようにしている。

いろいろなことがあると、結局すべての人間が愛おしい。

昨日の敵は今日の友だから、全部を捨てて、明るい平和な世界をみんなで築こう。
いつになったら、不幸な人はいなくなるのだろう？
いつになったら、一つの地球になるのだろう？
でも、大丈夫。地球は回っているのだから。

2015・7・2

仲間

日本では年間約2万5千人くらいの人が自分で自分の命を絶つ。一時期よりは減ったと言われる。でも、2万5千人もの人が世界に絶望して、自ら命を絶つというのは重いメッセージだ。

この前僕が絶望的な気持ちで座っていたら、仲間がそれを推し量って、優しく声をかけてくれた。まだこの世界にいていいんだと思えた。

今度誰かが落ちこんでいたら、僕も優しく声をかけようと思う。きっとそれは仕事よりもずっと大事なことだ。

2015・7・4

光

自分がどこに向かって歩いているのかわかりません。歩いても歩いてもゴールは遠ざかっていくようで。

でも、見えたんです。急に見えたんです。自分はこのままでいいんだと。自分は正しい方向に歩んでいるのだと。

ずっと先に光り輝く場所が見えたんです。僕達はいつも導かれていたのです。

このままずっと歩けば、ずっと先に光り輝く場所に辿り着けるのがわかったんです。僕達はいつも主に導かれていたんです。

2015・7・6

Chance

ずっと探してる、今でもずっと探してる。俺は見つけられるだろうか？

きっとこれからそれは見つかるだろう。ふとしたところから、ひょんなことから。

人生ってそういうものだ、神様ってそういうものだ。

諦めなければ、投げ出してしまわなければ、時は来る。忘れかけた頃に。

今でもその時は僕達を待っている。今にもその時は訪れようとしている。

辛抱して待ち続けよう。信じて歩み続けよう。我慢してこぎ続けよう。逆流にもめげずに。

大丈夫。必ずその時は来るから。もうすぐだから、立ち続けて。いろんなものに負けず、時を捉えて。

2015・7・9

病《やまい》

病が僕に文字を書かせる。病気になる前は書きたいなんて思わなかった。今は自然と言葉が雲のようにモクモクと湧き出る。

僕はたぶん時代とか社会の病を背負いこんでいるんだ。みんなの分まで。

僕にだけ感じられることがある。僕にだけ見えることがある。

だから、苦しんでいる人のためにも、みんなのためにも書かなければならない。病を文字として吐き出さなければならない。

そして、それは時として、美しく芸術となるだろう。世界を輝かせる光となるだろう。

2015・7・12

Melancholy

俺は結局はいつもひとりぼっち。誰もわかってはくれない。いろんな人がいたけど、誰も友達になれてないのかもしれない。だから、誰かに投げかけるのだ。優しい言葉を。

俺がやっていることなんて無意味なのかもしれない。でも、やり続けることにきっと意味がある。

結局俺は何も手に入れることはできないのだ。でも、そんなもののためにやっているわけじゃない。

俺は呪われているかもしれないけど、おそらく最後にはそこに行けるだろう。

俺はあとどれくらい歩けばいいのだろうか？

昨日の自分にさようなら。これまでの友達にさようなら。カフェで一人で座っていると、次から次によくないことが浮かんできて、憂鬱になる。俺はたぶん病気なんだ。

誰かもわからない君にたずねる。

「俺は救われるだろうか？」

夏の夕日が子供達の頬を照らし、俺は自分がもう若くないことを発見する。

多くの人に出逢い、多くの人と別れた。それらすべてがいい想い出。

だから、これからも歩み続けよう。どこでもないどこかに向かって。君がいる聖地に向かって。

2015・7・21

歩み

そんなに焦ることはない。人生は長いのだから。

耐えてきた苦しみはどこかに記録されているはず。だから、無駄にはならない。

いくつになっても人間関係は難しい。いくつになっても何もかもが難しい。

計画があるわけじゃない。展望があるわけじゃない。そんなものの通りになんていくわけがない。だから、何も考えず、ただ歩む。風に吹かれながら。

見慣れたものを違う角度から見てみようか。自分をほめる生き方をしてみようか。

大丈夫だよ。二歩下がって、三歩進んでる。大丈夫だよ。少しずつ近づいてる。

2015・7・21

夜明け前

今は「生きる」って仕事を頑張ってる。今は「頑張らない」って仕事を頑張ってる。

わかってくれるだろうか?

きっと伝わると思う。僕の言葉が段々、誰かに、みんなに、伝わってきている気がする。

少しずつ、一歩一歩。

どんなに難しいことでも、トライし続ければ、糸口が見つかるはず。

僕も誰かと出逢えて、つながれるはず。難しくても、ひたむきに取り組み続けているから。

僕もそこでもう一度みんなと笑えるはず。少しずつ忘れていたものを取り戻しかけているから。
ずうっと先に見える。射し込んでいる光が。まばゆいばかりの光がすべてを教えてくれようとしている。

2015・7・21

「生きる」という仕事

今は動けなくていい。

今は笑えなくていい。

今はただ生きているだけでいい。

みんなみたいには貢献できなくても、きっと僕は今でも見えない仕事をしているはず。

みんなみたいには輪の中に入れなくても、きっと僕は世界の一員になれているはず。

時を待とう。また前みたいに動けるようになるまで。時を待とう。また前みたいに笑えるようになるまで。

今はただ「生きる」という仕事だけしっかりやろう。
僕を神様はきっと見ていてくれるだろうから。

2015・7・30

復活

「信じてるか？」

「信じてる」

「なぜ？」

「理由以上の何ものかによって」

「その気持ちは変わらないか？」

「変わらないと思う」

窓から外を眺めると、満天の星空だった。

あちこちで星が涙のように瞬《またた》いていた。

その日、僕は自分の中で何かが変わったことに気づいた。

2015　8・18

意味

みんな忘れてる。言葉では説明できない大切なことを。本当に意味のあることは意味のないように見えることの中にある。意味や数字や合理性を越えたところに本当に意味のあることは眠っている。

子供の時、泥だんごを作った。窓から紙ヒコーキを飛ばした。放課後、友達と何を話すでもなくずっと話した。

本当の意味ってそういうことの中に眠っているんだと思う。

僕は今でも本当の意味を探してる。だから、こうして意味のない言葉を書き連ねているのだ。

2015・8・19

Into Oblivion

何かに促されて、ひざまずいて、大地にキスをした。何かを持っているのが馬鹿らしくなって、すべてを手放した。雨が油のようにそそがれて、自分についた汚いものがはがれ落ちて、生まれた時のように純真無垢になれていた。

忘却の彼方を見つめた。そこに映っていたのは自分自身だった。その自分自身は、今まで出逢ったすべての人に似ていた。そして、何よりも親父に似ていた。

親父が黒板にチョークで、理想を描いたように、俺は原稿用紙に魂で、「夢」を描こうと思った。

もう一度、忘却の彼方を見つめた。そこに映っていたのは、もう気弱な文学青年じゃなく、決意と覚悟に満ちた一人の文学者だった。

２０１５・４・19

著者プロフィール

田中　寛之（たなか　ひろゆき）

1987年千葉県生まれ、千葉県在住。
白井町立池の上小学校卒業。
市川中学校卒業。
市川高等学校卒業。
慶應義塾大学商学部中退。
放送大学教養学部卒業。
株式会社ワールドビジネスサポートに勤務、その後、退職して現在に至る。
著書に『明日香』（2012年文芸社刊）がある。

はじまりの詩《うた》

2015年12月14日　初版第１刷発行

著　者　田中　寛之
発行者　瓜谷　綱延
発行所　株式会社文芸社
〒160-0022　東京都新宿区新宿1－10－1
電話　03-5369-3060（編集）
03-5369-2299（販売）

印刷所　広研印刷株式会社

ISBN978-4-286-16679-7